KB043175

사시사철 사랑

사시사철 사랑

1판 1쇄 : 인쇄 2022년 04월 20일
1판 1쇄 : 발행 2022년 04월 25일

지은이 : 박상은
펴낸이 : 서동영
펴낸곳 : 서영출판사

출판등록 : 2010년 11월 26일 제 (25100-2010-000011호)
주소 : 서울특별시 마포구 월드컵로 31길 62
전화 : 02-338-0117 팩스 : 02-338-7160
이메일 : sdy5608@hanmail.net

디자인 : 이원경

오늘의 詩選集 55

사시사철 사랑

박상은 시집

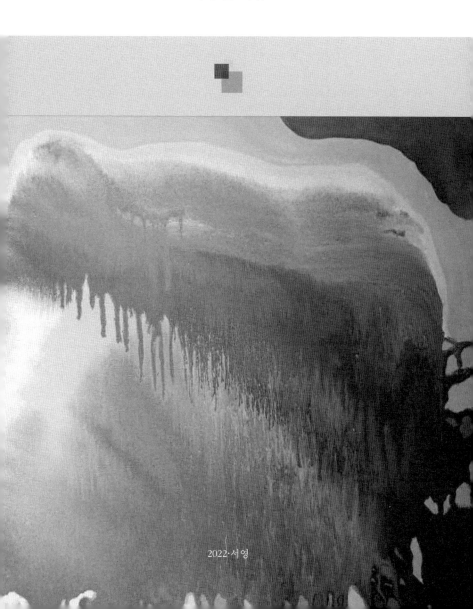

2022·서영

박상은 시인의 첫 시집 출간을 축하하며

　박상은(朴尙垠) 시인은 1949년 전남 화순 대곡리에서 태어났다.

　조선대학교를 졸업한 뒤, 포항제철, 대림산업, 삼부토건에서 근무했으면, 서울지하철 사당역사 공사에 참여했다.

　2021년 2월 [문학공간] 신인문학상 시 부문에 당선되어 문단에 데뷔했다.

　문학상 수상으로는, 제3회 현대시문학 커피 문학상 은상 수상, 제13회 문열공이조년 백일장 수상, 별망성 백일장 차하 수상, 광주시 북구 인권작품 장려상 수상, 제8회 이은방 시조 문학상 수상, 수원화성 글짓기 수상, 빛창 공모전 2회 당선, 부산 자랑 장려상 수상, 제1회 현대시문학 동상 수상, 제11회 2충 1효 백일장 수상, 노계문학 시조 당선, 빛고을 문학상 수상, 정지용 백일장 운곡 문학상 수상, 광주치매 시민 공모전 장려상 수상, 독도문예대전 수상, 현대시문학 삼행시 수상, 국제 지구사랑 특별상 수상, 코로나 시조 금상 수상, 샘터 수필문학상 수상, 안창호 글짓기 최우수상 수상, 미당 서정주 문학상 수상, 전국 박덕은 백일장 동상 수상, 서울 지하철 문학상 2회 수상, 이야기 문학상 수상, 이준열사 문학상 수상, 대덕 백일장 수상, 위드라이프 우수상 수상, 이마트 수필 문학상 수상 등이 있다.

현재, 광주광역시 문인협회 회원, 광주시인협회 회원, 한실문예창작 회원, 탐스런 문학회 회장, 향그런 문학회 회원, 꽃스런 문학회 회원 등으로 활약하고 있다.

자, 그러면 지금부터 박상은 시인의 작품 세계로 산책을 떠나보자.

아침 바람 좋다 하며 나서는
논배미의 순찰 시간 끝나고 나서
두 손에 꼭 감싸들고 온기 마신다

두툼한 커피잔
손때 묻어 얼룩진
도자기의 순수가 숨 쉰다

달콤 쌉쌀한 커피가
애교 부리듯
아버지 손에서 재롱떨고 있다

하루도 쉰 적 없는

시곗바늘이 돌고 돌아
제자리로 오는 시간
입안의 고요 깨우고 있다

떠나보내기 싫은
사랑의 애원 같은 저 표정
커피 한 방울까지 마중한다
뚝배기 같이 느껴지는
아버지 손에서 좀처럼 벗어나지 못한 채
가슴속 성화까지 다 들어주고 있다.

- [아버지 커피잔] 전문

제3회 현대시문학 커피문학상 은상 수상작인 이 시에서의 시적 화자는 아버지가 커피 마시는 순간을 포착하고 있다.
아버지는 논배미를 둘러보고 와서 커피 한 잔을 마신다. 커피가 애교 부리듯 재롱떨며, 입안의 고요를 깨운다. 커피 한 방울까지 그 감촉, 그 표정을 읽어낸다. 커피잔은 아버지의 손에 머물며 가슴속 성화까지 다 들어주고 있다. 시적 형상화 속에서나 느낄 수 있는 미묘한 감성의 세계를 만날 수 있어, 행복하다. 섬세한 감성 속에 흐르는 미적 가치를 발굴해 놓고 있어, 시의 특질을 구비하고 있다.

맥박이 두근거린다

지나는 초침은 뒤돌아보지 않고
그냥 앞만 보며 가고 있다

길거리에서 술 마시던
해시계는 그림자 바꾸며 지나가고
무심히 자취 감춘다

어둠 부르는 달시계
잠자든 영화 보든
크기 줄여 가며 하룻밤 보낸다
집안의 시계는
밥 짓고 청소하고 빨래하는 일
골고루 시키며 잔소리한다

학교 시계는
웅성거리며 떠드는 학생들에게
조용히 하라고 으름장 놓는다

퇴근 시계는
피곤 풀게 하는 막걸리 한 잔
마시게 하며 다독인다

아빠 시계는

7

깔깔 웃음 주는 귀중한 시간
우릴 위해 선물한다.

- [시계] 전문

이 시에서의 시적 화자는 시계를 의인화하여 인격체를 부여하고 있다.

해시계는 그림자 바꾸며 무심히 지나가고, 달시계는 크기 줄여 가며 하룻밤을 보내고, 집안 시계는 집안일 하며 잔소리한다. 그리고, 학교 시계는 학생들에게 으름장을 놓고, 퇴근 시계는 술 한 잔 마시게 하며 다독이고, 아빠 시계는 깔깔 웃음 선물을 한다. 각종 시계를 시적 형상화 하여, 세상사를 해학으로 처리하고 있다.

오로지 물 위에서만 짓는 미소
출렁거림 벗삼아 길 나서는
순수의 길

솟아 있는 돌산의 두려움
피하려는 조바심
여명을 기다리는 마음 간절하다

몇 날 며칠 띄워 보는 설렘
보고파 조르는 만남 달래는 여정

가슴에 긴 사연 새겨놓는다

희귀한 돌섬 지날 때
용왕의 노여움 건드릴까
조바심에 조용히 건네는 기도
파도에 전해 줄 때
다가오는 메아리

촉촉이 적셔진 마음 자락
포말에 기대어 출렁출렁 물결 타고
은빛 다독임으로 마음 얹어 놓고
갈매기의 나래짓에 시선 멈춘다

뱃고동 소리 아스라이 들려오면
눈가에 맺히는 보고픔 더해져
입술에 가는 떨림 일어나
갯바위 서성거림에 미소 짓는다.

- [배船] 전문

이 시에서의 시적 화자는 배船에게 생명체를 불어넣어 사
색하고 있다.
　물 위에서만 미소 지으며 순수의 길을 떠나는 배, 돌산을
피해가며 여명을 기다린다. 설렘, 사연 등을 여정의 가슴에

새겨놓고, 돌섬 지날 때는 기도를 하기도 한다. 은빛 다독임, 갈매기 나래짓, 뱃고동 소리 등에 마음 주기도 하면서, 갯바위를 지나며 미소 짓는다.

　의인화되어, 인격체를 부여받은 배가 미묘한 감성의 파노라마를 이미지로 선명히 그려놓고 있다.

　다가오는 햇살
　촘촘히 가슴 파고들어
　숭숭 바람 스치도록 열어
　향기 한 자락 불어넣는다

　부스스 잠에서 깨어난 듯
　꿈틀거리는 아침 이슬의 향연
　가슴에 가득 채워진 바람 쏟아
　출렁거리는 밀어 속삭인다
　살랑거리는 여인의 뒤태
　아지랑이 춤사위에 스미는 여운
　깊숙이 들이마시는 호흡
　나비 날갯짓에 여유가 깃든다

　기다림의 째깍거림이
　두근거리게 하고
　고개 내민 애기쑥 연둣빛 미소

처녀 가슴 울렁거리게 한다

이 뭉클함
잊히지 않아
달빛에 달구는 사랑 얘기랑 함께
오므린 젖가슴에 파고든다.

- [나의 봄] 전문

이 시에서의 시적 화자는 '나의 봄'에 대해 그림을 그리기 시작한다.

햇살이 촘촘히 가슴 파고들어 향기 한 자락 덧칠한다. 아침 이슬, 가슴의 바람, 출렁거리는 밀어, 살랑거리는 여인의 뒤태, 아지랑이 춤사위에 스미는 여운, 나비 날갯짓의 여유, 기다림의 째깍거림, 애기쑥 연둣빛 미소, 울렁거리는 처녀 가슴, 달빛에 달구는 사랑 얘기, 모두 뭉클하게 가슴속으로 파고든다.

시에서 소중히 여기는 감성들이 모두 한자리에 모여 이미지의 파티를 하고 있는 듯하다. 감성과 이미지의 조화로움이 돋보이는 시라서, 독자들의 눈길을 더 끌고 있다.

나이 한 살 두 살 쌓여 가고
얼굴의 주름살이 얽혀 가며 시간 낡아
심연의 숨소리도 낮아졌다 오르고

귓가에 들리는 세월도 깊어 간다

저 정상에 올라야 하는데
눈길은 앞서가지만 뒤따른 발걸음은 처지고
씽씽 달리는 자동차의 숨소리는
응원의 박수 소리인 양 정겹다

내디디는 첫 계단
가벼운 마음으로 다가서지만 이내 굴복하고
한 호흡 건네며 다독이는 마음 자락
실감나는 나이테에 머리 숙인다

저기를 가야 하는데
이제 몇 계단 남지 않았는데
사랑스런 말 건네며
그래 저기야 아침밥 먹고 나왔잖아
다독이는 숨소리가 아름답다

여정의 순례길에
오르다가 내려가는 굴곡에
움찔하다가도 바로 서서 걷는 인생길
이 계단을 오르는 아침 공기가
유달리 달콤하다

어제도 오늘도 같은 마음
기다리며 그리는 동반자의 사랑 고백 떠올리며
입가에 미소 가득 부푼 가슴 열어
그대가 가까이 오는 시간이 다가온다.

- [계단] 전문

　이 시에서의 시적 화자는 계단을 여정의 순례길로 여기
고 있다.
　나이와 주름살과 세월과 함께하는 계단, 그 계단을 자동차
숨소리의 응원을 받으며 올라간다. 때론 나이테에 머리 숙
이기도 하지만, 사랑스런 말, 다독이는 숨소리에 힘입어 계
단을 오른다. 굴곡에 움찔하다가도 바로 서서 걷는 인생길,
동반자의 사랑 고백을 떠올리며 올라간다. 님이 가까이 오
는 시간을 믿고 입가에 미소 가득, 부푼 가슴으로 올라간다.
　힘겨운 인생길에서도 긍정적인 시야, 밝은 마음, 지속적
인 성장을 간직한 시적 화자의 여정이 행복할 거라는 예감
이 든다. 감성이 밝고, 희망을 잃지 않는 태도가 독자의 가
슴을 울리고 있다.

뚜벅뚜벅 걷는 발걸음 따라
스쳐가는 물안개의 춤사위
보고픔이 솟아
마음 그려내는 듯

박상은 시인의 첫 시집 출간을 축하하며

잔잔히 퍼져
볼에 입맞춤하며 날아간다

이른 봄 갈팡질팡하던 꿈들이
꿈틀거리는 대지의 숨소리에
호시탐탐 고개 내민 시간을 재고
봄바람이 불어오길 기다린다

햇살이 고개 들어 다가오면
숨바꼭질하듯 요리조리 흩어지다가
윤슬 위에 잠시 쉬어 가려다
모습 감춘다

버들개지의 나풀거림에
시나브로 다가서는 여심
손짓하면 달려올 밀어
봄비에 흘려보내며 서 있다

산허리 오솔길 배회하다가
지평선 위로 고개 내민 일출
서서히 다가오면 뒷걸음질치는 듯
솔숲으로 자취 감춰 버린다

산새 울음소리가
골짜기 따라 울려 퍼지면
메아리 되어 돌아온 사랑
짙은 안개가 가리고 있던 보고픔
눈 비비며 찾아 나선다.

- [안개] 전문

이 시에서의 시적 화자는 안개와 자신의 내면을 일치시
켜 놓고 있다.

발걸음 따라 보고픔이 솟아 잔잔히 퍼져 간다. 봄바람 기
다리다 햇살과 숨바꼭질하듯 흩어지다가, 버들개지와 여심
과 봄비를 만난다. 오솔길 배회하다 솔숲으로 들어간다. 산
새 소리와 함께 메아리 되어 돌아온 사랑 찾아 나선다.

안개를 의인화하여, 내면의 하고픈 말을 시적 형상화로 쏟
아내고 있다.

나라는 우리의 것이어야 한다
호시탐탐 노리는 사자들의 포효는 멈추지 않아
연약한 가젤은 귀 쫑긋거리며 방어하지만
우두머리의 안일함에 뚫리고 만다

가려지지 않는 평야지만
숨죽여 다가오는 포식자는 가면 쓴 것처럼

풀숲 기어 더 가까이 거리 좁히고
순발력을 이용 급습하여 먹이 얻는다

뺏은 자가 있으면 내준 자가 있다
테두리 안에서 기울어진 생각들이
질서와 위아래를 흩트려 버리고
물이 새어든 걸 모른 채 죽어간다

목놓아 외쳐본들
주색에 빠져 있는 나리들
채찍으로 가르칠 수 없고
먼 하늘만 쳐다볼 수밖에 없는 현실에
농민들은 허탈함만 되뇌이고 있다

황토현에서 연군을 격파시켰지만
서서히 무너져 내린 향락의 결과는
참혹한 나라 잃음
눈물 콧물이 말해 주듯
외세의 거대함은 호미로 막을 수 없었다

작은 울림이 하찮은 것이어도
농민들의 순수한 외침에 한 발짝 다가섰다면
서러운 식민지의 수모를 겪지 않았을 것을

지금도 서민들의 외침은 계속되고 있다.

- [동학농민의 눈물] 전문

이 시에서의 시적 화자는 동학농민의 아픔과 눈물을 다루고 있다.

벼슬아치들의 안일함, 가면 쓴 포식자, 뺏은 자, 주색에 빠져 있는 나리들, 향락 등을 질타하며, 농민들의 작은 울림, 순수한 외침을 조명하고 있다. 그 울림, 그 외침에 한 발짝 다가갔다면, 서러운 식민지의 수모를 겪지는 않았을 거라고 통탄하고 있다.

시적 형상화를 통해, 잘못된 역사에 대해 질타를 퍼붓고 있다. 시심 속에 흐르는 올바른 역사 의식이 한층 돋보인다.

꿈틀거리는 연둣빛 밀어들
아지랑이 숨소리가 다가오자
그제서야 봄비로 목 축인다

스쳐지난 것 같은
미련만 남겼던 아쉬움
송골송골 피어나면
마음결에 소복이 쌓이는 봄바람
싱숭생숭

떠나보내지 말자는
여운들을 하나 둘 주워 담으며
하얀 꽃잎들 뿌리고 있다

진해 군항제의 바닷바람
밀어 올리는 향기
뭇 사내들의 모퉁이를 건드리는
똑똑 구두 소리 경쾌하다

아무리 밀쳐낸다 한들
가지마다 환하게 미소 지으며
손짓하는 콧노래
고샅길 따라 길게 길게 퍼져 간다

쿵쾅거리며 향기 좇는 여심
다독거리는 봄 햇살에 그만
넋 잃은 듯 조용히 거닌다.

- [벚꽃] 전문

이 시에서의 시적 화자는 진해 군항제의 벚꽃길을 걷고
있다.
마음결에 소복이 쌓이는 봄바람과 함께 벚꽃을 감상하고
있다. 가지마다 환하게 미소 지으며 손짓하는 콧노래도 만

난다. 그 노래는 고샅길 따라 길게 퍼져 나간다. 그 향기 좇
는 여심, 봄 햇살에 그만 넋 잃고 만다.
　이미지 구현을 통해, 벚꽃 길의 아름다움을 생동감 있게
그려내고 있다. 감성의 미묘한 곡선까지 그려내는 솜씨가
세련되고 멋스럽다.

　　달빛이 창틀 사이로 고개 내밀면
　　눈꺼풀은 기다림에 번뜩이고
　　발길은 미로의 비탈길 깨우며
　　약속 시간에 맞춰 다가선다

　　뉴스거리 겨드랑이에 끼고
　　달리는 두 다리의 절룩거림이
　　골목길의 눈 밝혀 준다

　　노란 민들레 안내에 따라
　　한 치 어김없이 안착한 신문
　　봄비도 잠시 멈춰 다독이듯
　　헐떡이는 숨 고르게 한다

　　자전거도 손수레도
　　거절하는 골목길의 냉정함은
　　칠십 년을 고집하여

한결같이 그 발걸음만 반길 뿐
변치 않는 사랑은 깊어만 가고

단칸방엔 풍부함이 꽉 채워진
서재들의 낡아진 책장은 머릿속에 넣고서
비탈길 깨움 주며 걷는다

장미가 활짝 피면
하루의 여유로 라면 한 봉지 끓여 후루룩
실타래 같은 사연들을 풀어헤치며
산 아래 동트면 그제서야 뜀박질 멈춘다.

- [감천동의 봄] 전문

부산 문화 백일장 장려상 수상작인 이 시에서의 시적 화자
는 감천동의 봄을 묘사하고 있다.

발길이 미로의 비탈길 오른다. 민들레의 안내를 받아, 봄
비의 다독거림에 숨 고르며, 골목길을 걷는다. 한결같이 발
걸음만 반기는 곳, 변치 않는 사랑이 깊어만 가는 곳, 깨움을
얻으며, 실타래 같은 사연 풀어헤치며 골목길을 걷는다. 그
길 걸으며, 감천동의 봄을 만끽한다.

감천동만의 정경을 시심 속으로 끌어당겨, 소박하게 그려
놓은 시, 독자들은 시 속에서 낭만의 여행을 하게 되어, 행
복하다.

말하다가도
순간 순간
번호 바꾸어 놓는다

상대의 생각 알아내려
눈치 살피며
얼굴 표정까지 훔친다

첫 대면에서
매서운 눈초리로 간파해
문 열어 들여다본다

말문 막히면
금세 엉뚱한 숫자 대며
시치미떼고 속마음 감춘다

길 걷다 가도
굳게 닫혀진 철문 보면
궁금해한다

돌담에 문 없는 골목처럼
마음속까지 툭 터놓고
문 활짝 열어 놓는다.

   이 시에서의 시적 화자는 대화나 데이트할 때, 서로의 마음문에 열쇠를 채운다고 말한다. 어떤 때는 열쇠의 비밀번호까지 바꾼다고 한다. 문 열어 들여다보기도 하고, 시치미 떼고 속마음 감추기도 한다. 간혹 철문을 만나 궁금해하기도 한다. 마음속까지 툭 터놓고 문 활짝 열어 놓는 대화, 마음 편한 데이트를 소망하는 시적 화자가 다름 아닌 독자 자신임을 깨닫게 하는 시, 그래서 마음이 아프다.

   그런 대화를 나눌 수 있는, 마음 툭 터놓고 생각과 마음과 사상과 미래를 나눌 수 있는 그런 상대가 있다면 얼마나 좋을까. 그런 생각에, 마음이 씁쓸해지게 하는 시이다.

   곱게 단장한 신부 맞이
   첫날밤도 앗아간 그 밤의 악몽 뒤에는
   밤이면 닫을 수 없는 마음의 문
   어느새 새벽하늘이 밝아 온다

   어디서 어디로 갔을까
   어느 산골짜기에 숨어 인기척을 하지 않나
   꿈속에서라도 귀띔해 주면 좋겠는데
   그것마저도 입을 닫아 버리는가

자식도 남겨주지 않고
어찌 가슴 찢는 소리만 들리는지
귀또리조차도 숨죽이며
슬퍼해 주는 침묵의 밤
심장을 건드리며 흐르는 눈물

목이라도 축이게 하고픈 속내
들리는가
알아듣는가
아직도 남았는가
한 서린 손등에는 핏줄이 솟아나고
애꿎은 호미만이 잡풀 뜯어낸다

아침이면 밥 한 그릇 올려놓고
금방이라도 달려와 허겁지겁 먹을 것 같아
된밥 좋아했던 그 식성에 체할까 봐
국물 식지 않게 데워 놓는다

칠십 년이 지나서야 보여 주나
길도 없는 그 어디를 헤매다가 잠들었나
손발 다 해지고
머리카락까지도 어디다 다 버리고
이제서야 돌아왔나.

박상은 시인의 첫 시집 출간을 축하하며 ▊

이 시에서의 시적 화자는 시집을 갔지만, 첫날밤마저 앗아가 버린 남편을 기다리며 살아가고 있다.

자식도 없이, 침묵의 긴긴밤을 견디며, 한 서린 손으로 호미 잡고 살아간다. 칠십 년의 세월을 보내고서야 만난 영령 앞에서 눈물 흘리고 있다. 손발 다 해지고 머리카락까지도 어디다 다 버리고 이제서야 돌아온 영령 앞에 통곡하고 있다. 어쩌면, 전쟁으로 헤어져야 했던 우리 민족의 한을 대변하고 있는 듯하다. 그 아픔, 그 서러움, 그 눈물이 독자의 가슴속에서도 그대로 전이되어, 함께 통곡하게 하고 있다.

술래잡기에 필요한 말
무궁화꽃이 피었습니다
이 열 자의 의미에는
열 가지의 한이 서려 있다
울분의 억눌림 찢어지는 가슴 안고
내달려야 했던 야심한 밤
야속한 달님마저 외면해 버린 산기슭

천년을 지켜온 따스한 품의 조국
넘겨줄 수 없다는 마음
한시도 방관해선 안 된다는 아버지의 유언이

뇌리에서 솟구칠 때면
얼어붙은 밥 한끼도 감사해야 했다

쓰러져 가는 전우의 몸부림에
한 치의 틈도 내줄 수 없는
공포의 총탄 속을 뚫어야만
조국을 위한 발걸음이라고만 여겼을 뿐
두려움은 저 멀리 버려야 했다

비장의 속살 감추고서
서릿발 치는 갈대숲 젖히고 뛰어든
적의 무리들 속으로
조금도 망설임 없는 넋의 젖줄
짜내듯
파고들었던 그 순간들이
그저 감격스럽기만 하다

나라꽃이 반기는 아침은
꺾이지 않는 꽃술에 부는 바람처럼
다시 일어나
영혼들의 침묵까지 등에 업고 가야 하는
발자국 남기기 위해 꾹꾹 눌러 새긴다

박상은 시인의 첫 시집 출간을 축하하며

두 손 모으며 고하는 자리
활짝 핀 나라꽃이 품어 안고 잠든
이곳에 오면
영령들의 발자취 남겨진 일기장에다
오늘의 이 시간에도
감사하다는 말 써 놓는다.

- [무궁화] 전문

　이 시에서의 시적 화자는 무궁화를 통해 민족애, 애국심을 이끌어내고 있다. 조국을 지키내기 위해 쓰러져 갔던 전우들, 공포의 총탄 속을 누벼야 했던 용기, 조국을 위한 발걸음, 서릿발 치는 갈대숲 젖히고 적진 속으로 뛰어든 넋의 젖줄, 꺾이지 않는 꽃술에 부는 바람, 영혼들의 침묵까지 등에 업고 가야 하는 애국심 등을 영령들의 발자취 남겨진 일기장에 적어 놓는다. 무궁화꽃 속에 새겨진 한을 다시 끌어내어, 독자들의 조국애, 애국심에 경각의 화살을 연신 쏘아대고 있다.

　지금까지 보아온 바처럼, 박상은 시인은 자기 주변에 널려 있는 시심들을 모아, 시의 밥상 위에 올려놓고, 시적 형상화, 이미지 구현, 낯설게 하기 등을 통해 시심의 향기를 빚어 놓고 있다. 주제 노출보다는 되도록 에둘러서 미적 가치의 그릇에 감성을 담아 놓고 있다. 다소 호흡이 길어 독자를 힘들

게 하는 때도 있지만, 끝까지 시의 특질을 놓치지 않고 시를 빚어내는 솜씨가 아주 세련되어 있다.

시의 아름다움은 시의 특질을 잘 구비하면서, 미적 가치의 그릇에 담을 줄 알아야 한다. 그러면서도 새로운 해석을 통해 깨달음의 세계로 나아갈 발판을 마련해 주어야 한다. 박상은 시인은 시적 형상화를 통해 꾸준히 그런 노력을 하고 있다는 점에서, 좋은 평점을 독자들로부터 얻어내고 있다.

앞으로 제2, 제3 시집을 펴내면서, 그러한 시적 형상화 노력은 지속될 것으로 여겨진다. 앞으로, 보다 치열한 현실 인식을 통해, 독자들의 감성을 일깨우고, 방향과 깃발까지 제시해 주는 선각자로서의 자세도 보여 주길 소망한다.

다시 한 번 첫 시집 발간을 봄빛의 마음으로 축하한다.

— 첫눈이 오고 나서 조용해진 세상을 바라보며

한실문예창작 지도 교수 박덕은 작가

(문학박사, 전 전남대 교수, 문학평론가, 시인, 시조시인, 소설가, 동화작가, 사진작가, 화

박상은 시인의 첫 시집 출간을 축하하며

작가의 말

탯줄을 끊고 울음 터트릴 때 선비가 태어났다고들 했다. 나는 한 살 두 살 나이를 먹어가며 귀여움을 독차지하고 자랐다. 그러던 중 더 예쁜 사내아이 동생이 태어나고 말았다. 들리는 얘기로는 너무나 차이가 나 난 뒷전으로 물러나야 했다는 말이 있었다. 하지만 안타깝게도 그 동생은 더 좋은 나라인 하늘나라로 가 버렸다. 그러고 나서 똑똑하고 약삭빠른 남동생이 태어났다.

그 동생이 지금 문학 강좌를 하고 있는 한실문예창작 지도교수다. 그동안 바쁘게 사느라 문학 근처도 가지 않았다. 하지만 가슴속에서 우러나오는 시심은 어쩔 수 없는가 보다.

하루는 음악 방송을 들었는데 짧은 사연을 적어 올리면 진행자가 고운 목소리로 읽어 주었다. 그 고마움에 네이버 블로그에 글을 올렸다.

일 년이란 짧은 기간에 꽤 많은 시를 썼다. 지금도 가끔 들여다보면 옛 추억이 떠오른다. 고단한 인생길을 걷는 나에게 시 창작은 조금은 사치스러운 일이기도 했다. 하지만 모든 것을 내려놓고 나니까 그 속에서 또 여유가 생겼다.

어느 날 지도 교수가 시 한 편을 써 보라고 권유했다. 싫지 않아 시 한 편을 완성해 건네주었다. 까맣게 잊고 있었는데 수상을 했다고 연락이 왔다. 내 생전에 상이란 것은 처음이라 무척 기뻤다. 그게 계기가 되어 탐스런 문학회와 향그런 문학회에 나가게 되었다.

처음에는 선배들의 실력에 주눅이 들었다. 하지만 부족한 것은 내 몫이라 생각하고 자존심이란 건 생각하지 않기로 했다. 나름 열심히 써갔는데 시어들이 몽땅 잘릴 때는 속울음이 흐르고 말았다. 겪어야 할 일이라고 믿고 매일 무조건 쓰면서 문학상 응모에 적극적으로 응해 보았다.

물론 문장 실력이 부족해서 당선을 많이 하지는 못했다. 가뭄에 콩 나듯 당선 소식을 접하며 꽤 많은 수상을 하게 되었다. 문우들이 부러워하기도 하고 질투하기도 했다. 지금도 여전히 작품을 쓰고 있다. 좀 더 성숙된 언어로 꾸미려 노력하고 있다.

어렸을 적엔 꿈이 많았지만 걸리적거리는 것이 많아 순탄하지 않는 삶을 살아왔다. 취미로 바둑을 참 좋아했다. 학창 시절에 하지 않았던 공부를 뒤늦게 자격증을 준비하며 모두 합격했다.

순조로운 길을 걷는가 했는데 어느 날, 비리가 난무하는 것을 보고 참지 못해 또 다른 길을 걷게 된 시절이 있었다. 직장에서 배구 선수로 뛰어 보기도 하고 운동을 참 좋아했다.

나라에서 잘못하고 있는 것을 고치고 싶다. 지금도 할 일이 많다고 생각하며 살고 있다. 인생의 첫 시집을 출간할 즈음에 많은 생각들이 뇌리를 스친다.

시집이 나오기까지 지도해 준 한실문예창작 지도 교수 박덕은 박사님에게 감사의 인사 올린다. 탐스런 문학회 문우들과 향그런 문학회 문우들에게도 고마움을 전한다. 마지막으로 아들과 딸에게도 고마움을 전한다.

― 시 인 박상은

시인 박상은

박덕은

나비들의 골짜기에서
자라난 마음
여리고 가늘었다

시골의 노래가
발끝에서 솟아나
늘 어깨를 감쌌다

모성의 향긋함이
가슴 한켠에
자리잡은 뒤부터

성숙의 매듭이
잠시 멈추고
빈 하늘만 가득했다

굴곡진 세월이
수레바퀴 따라
돌고 돌다가

터 잡은 봄동산에서
늘씬한 꿈들이
활개치며 뛰놀았다

어느 늦가을
한바탕 내리친 찬서리
지독한 고독에 젖다가

모처럼 깨어난
시심의 촘촘한 텃밭에서
푸른 죽순을 마구 퍼올렸다

눈물겨운 향기 되어
내려앉은 그리움까지
마중나와 껴안아 주자

비로소 낭만 주머니
가슴속에서 꺼내
사색의 평상에 올려놓았다

오랜만에 웃는
인고의 계단 그 위로
깃털 고운 새들이 날고 있다.

祝詩 - 박덕은 ■

차 례

1장 — 봄

2장 — 여름

3장 — 가을

4장 — **겨울**

제1장

봄

시계

맥박이 두근거린다
지나는 초침은 뒤돌아보지 않고
그냥 앞만 보며 가고 있다

길거리에서 술 마시던
해시계는 그림자 바꾸며 지나가고
무심히 자취 감춘다

어둠 부르는 달시계
잠자든 영화 보든
크기 줄여 가며 하룻밤 보낸다

집안의 시계는
밥 짓고 청소하고 빨래하는 일
골고루 시키며 잔소리한다

학교 시계는
웅성거리며 떠드는 학생들에게

조용히 하라고 으름장 놓는다

퇴근 시계는
피곤 풀게 하는 막걸리 한 잔
마시게 하며 다독인다

아빠 시계는
깔깔 웃음 주는 귀중한 시간
우릴 위해 선물한다.

어머니

위드라이프 효·가족사랑 공모전 수상작

자신에겐 모질게 하고
품안에 자란 자식들의 허물들 안고
허기진 길을 걷는
천사의 발길

해 뜨면 허리 펴고
달 뜨면 길쌈하던 거친 손에
다독여 주는 따스한
사랑의 기도

목 넘기기 싫어서 아닌
단 한 가지
식솔들의 아른거림에
인내의 고통을 참아

가는 길에
지푸라기 하나 걸리지 않도록
마당 쓸 듯

닦아 주던 고운 손

해지는 길모퉁이에
눈길 멈추지 않는 기다림은
깨알 같은 가슴의
배려가 꽃 핀다

쉰 넘은 자식
살아갈 걱정하며 다독이고
미소 지으며
눈 감으신 어머니.

배

오로지 물 위에서만 짓는 미소
출렁거림 벗삼아 길 나서는
순수의 길

솟아 있는 돌산의 두려움
피하려는 조바심
여명을 기다리는 마음 간절하다

몇 날 며칠 띄워 보는 설렘
보고파 조르는 만남 달래는 여정
가슴에 긴 사연 새겨놓는다

희귀한 돌섬 지날 때
용왕의 노여움 건드릴까
조바심에 조용히 건네는 기도
파도에 전해 줄 때
다가오는 메아리

촉촉이 적셔진 마음 자락
포말에 기대어 출렁출렁 물결 타고
은빛 다독임으로 마음 얹어 놓고
갈매기의 나래짓에 시선 멈춘다

뱃고동 소리 아스라이 들려오면
눈가에 맺히는 보고픔 더해져
입술에 가는 떨림 일어나
갯바위 서성거림에 미소 짓는다.

내 마음의 숲

가꾸어진 편백나무숲
한 그루 한 그루 다듬어진 모습
정연하면서도 울창하게 서 있다

뒷산 중턱에 자리 잡은
높지도 낮지도 않은 여유
샘솟는 곳
손 맞잡고 한 바퀴 휙 돌아보는
한나절 호흡이 가뿐하다

주말에도 평일에도
찾는 사람 가슴 결에 자연 선물하고
주고받는 대화에 마음 열고
돌부리들도 온몸으로 감싼다

살결 스치고 간 편백향
어떤 걱정도
모두 다 버릴 것 같은 마음 자락

이 시간 허락해 준 나의 숲
긴 호흡으로 쓰다듬는다

비 오면 만나지 못한 마음
가슴으로 그리는 숲속
그 자유로움 떠올라
화선지에 추억 그려 넣고
만날 수 있는 날 약속한다.

섬마을 할매

부잣집 막내딸로 살다
싫다고 도망갔던 미련 버리고
섬으로 간 새댁
밥 지을 줄도 모르던 새내기
눈 비비고 일어난 새벽

캄캄한 눈앞이 천 리 같아
눈물 콧물로 사연 적어 전하는 아침
시아버지 기침 소리에 번쩍 뜨이는 눈빛
이층밥 삼층밥이 되어 간다

시어머니 특기인 낙지볶음
곁에서 눈치껏 배워 가며 밥상 차려내고
일곱 식구 끼니 차렸던 그 시간들
돌게장으로 마무리한다

잃은 아들 만나기 위해
내리 다섯 낳아 기른 강철 어머니

기어이 막내아들 얻고서야 함박웃음
섬에 묻어온 세월이
마치 파노라마 같다

옆 섬에도 가지 못했던 시간들
이제는 툴툴 털고 나설 수 있는
마음의 여유
손자들 재롱에 환한 미소
청각 뜯으며 바다와 호흡한다.

집

온돌방의 운치는
설렘이 잠드는 무한의 자유
문풍지의 바람 소리
긴긴밤의 여유로
사랑 연기 피어난다

언제나 포근함까지 곁들인 순수
오늘만이라도 누워 보고 싶어지는
된장국 내음
달아오르는 얼굴에 그려진다

꽁꽁 얼어 동동거리는 마음
금방이라도 달려가고픈 자리
마냥 그리움이 가득차 있듯
기다림이 멎지 않고 서 있다

오가며 만나 인사하고 안부 묻는 미소
봄날 화사하게 꽃피는 뜨락의 행복이

커튼에 드리우는 햇살처럼 밝다

파김치 되어 들어선 문
칼칼한 아버지의 기침 소리
가슴에 와닿을 땐
용기 불어넣어 주는 그 어떤 말보다
내일을 열어 가게 하는 힘이 된다.

이준 열사

이준열사 문학상 수상

벼랑 끝으로 내몰린 조국을 위해
자기 희생 주저하지 않는 강인함

그 어떤 댓가도 거부하면서
시한폭탄 같은 일제의 침략에 맞선다

헤이그로 향하는 정의로운 분노의 발자국
감히 이행하기 어려운 역사 속 큰 걸음걸이

시퍼렇게 날이 선 야욕을 무너뜨리기 위해
휘두르는 긴 칼 같은 뜨거운 외침

어느 누가 그렇게
번득이며 뿜어대는 고뇌를 끌어안고
화마에 뛰어들 수 있을까

어떤 용기의 소유자가
선생의 그 고귀한 삶을

흉내라도 낼 수 있을까

한반도를 떠받쳐준 열사의 숭고한 얼은
우리가 가야 할 빛나는 길의 이정표.

여정

먼 길 나서며
먼저 챙기는 건 호로병에 담긴 약수
배고픔도 쓰라림도 어루만져 주는
소중한 나의 동반자

마지막 가는 길에도
한 모금 마실 수 있는 여유
배려의 간절함 갈구하며 흐르는
세월의 한 페이지

깊숙한 골짜기의 고독
졸졸 흐르는 물소리의 울림으로 다가서면
귀 쫑긋하는 삶의 이유가
혀끝에 닿아 긴장 풀어진다

손 꼭 잡고 거니는 시간
행여 빗나갈까 봐 노심초사
건네는 물 한 모금의 진솔함 뒤에

온기가 살아난다

수십 년 길고 긴 가시밭길
참고 참으며 발길 옮기던 그 세월 속
금은보화보다 소중한 당신
영혼의 불빛 되어 살아가리.

나의 행복

발그레한 햇살 드리우면
손가락 타고 오르는 촉각의 순수
오밀조밀한 시간의 흐름에 묻혀
온기에 드러눕듯 다가선다

사소한 말 한마디가
머리카락 쭈삣 서게 할 때는
서운함 더해지고
거리감마저 멀어지게 하고 마는 그 정
달래기 껄끄러워진다

억지로라도 시간 붙잡고
모든 걸 비우고서
찾아야 하는 진솔한 대화
조심스레 속마음 털어놓으며 다가가
살려 달라는 표정으로 졸라댄다

해돋이 바라보듯

서서히 풀리는 실타래의 순서 따르며
녹아드는 얼음의 모습처럼 꾸밈없어
사랑이 소복 소복 쌓이고 있다

산더미처럼 쌓인 허무보다
나지막이 흐르는 시냇물의 자유
가져다 주는
사랑이 소중한 속삭임에 젖어
윤슬 위에 앉는다

새어 나오는 웃음소리
구애받지 않고 자연스런 얘기의 순수
넘치지 않게 꼭꼭 눌러 채운 듯
별빛처럼 동글동글 빛으로 핀다.

나의 가을

높아지는 창공
너른 가슴 펴 보이며
어떤 소원도 받아 줄 것 같아
코스모스 한들거린다

마냥 걸으며 사색에 젖고픈
혼자만의 시간을 낙서로 남기며
여인의 순수 떠 올린다

푸르름 속으로 떨구는
낙엽의 쓸쓸함이 채 가시기도 전에
쌀쌀한 빗줄기가 옷깃 움켜쥐고
낭만까지 빼앗아간다

젖은 옷자락에 남겨진 여운
익어가는 계절의 말미에 남겨 놓고
뚜벅뚜벅 걷는 갈바람이
사뭇 애처롭다

짱짱한 햇살은
갈대 부르는 나그네 가슴에
국화 향기 불어넣어 주니
눈빛에 사랑이 깃든다.

올레길

줄줄이 이어지는 산책길
삼천리강산 돌고 도는 실핏줄 길
살아 숨쉬는 우리 강산의 매력
언제나 열려 있는 즐거움

물안개 걷히고 빌딩숲 사이로
햇살이 가슴 적셔주며 다독다독
창밖 하늘의 툭 트임이
상쾌하게 발걸음 옮긴다

길고양이, 수달, 살쾡이의 천국
강변의 숲속은 낙원 되어
같이 호흡하는 연결고리
풍덩 물속으로 뛰어든 개구리들
잠시 동심을 부른다

상쾌한 공기
여인의 발걸음도 다 같이

순수의 낭만 찾아
째깍째깍 걷는다

손 맞잡은 온기는 더해져
가슴 깊은 감성 건드리며
기분 상쾌하게 만드는 사랑의 속삭임도
숙연하게 자연의 부름에 답한다

짙은 노을 인사하듯
빨갛게 가슴 벅차도록 듬뿍
사랑의 속삭임 가르쳐 주고 간다.

나의 봄

다가오는 햇살
촘촘히 가슴 파고들어
숭숭 바람 스치도록 열어
향기 한 자락 불어넣는다

부스스 잠에서 깨어난 듯
꿈틀거리는 아침 이슬의 향연
가슴에 가득 채워진 바람 쏟아
출렁거리는 밀어 속삭인다

살랑거리는 여인의 뒤태
아지랑이 춤사위에 스미는 여운
깊숙이 들이마시는 호흡
나비 날갯짓에 여유가 깃든다

기다림의 째깍거림이
두근거리게 하고
고개 내민 애기쑥 연둣빛 미소

처녀 가슴 울렁거리게 한다

이 뭉클함 잊히지 않아
달빛에 달구는 사랑 얘기랑 함께
오므린 젖가슴에 파고든다.

황소

음매 하고 부르면
꼴망태 메고 사립문 나서며
뒤뚱뒤뚱 걷는 황소 등에 올라
풀숲이 우거진 산기슭에서
워낭 소리 딸랑거리며 풀 뜯는다

고삐도 풀어 둔 채
먹이 찾아 자유로이 즐기는 시간 속
귀 쫑긋 부름을 기다리며
가끔 고개 들어 힐끔거린다

꼴망태 가득 채워지면
서산에 기울어진 햇살의 고운 빛
산길 따라 되돌아오는 하루
풍족함이 가득 채워져 있다

가끔 울어대며
뒤따라오는지 확인하듯

고개 갸웃거리다

골목길을
능숙하게 돌아 돌아 찾아오는
느긋한 발걸음이 추억 쌓는다

고된 서성거림 풀기 위해
폭신한 자리에 드러누워 되새김질하며
지그시 감긴 눈에는
푸른 산기슭에 그리움 걸터앉는다.

자전거

대덕백일장 수상작

이른 새벽 페달 밟아 달려온
떡집 앞

오일장의 한켠에 자리한 오복떡집
새벽부터 바큇살 같은 김이 사방으로 뻗어나가
오만 가지 복들을 싣기 위해
문밖에서 기다리고 있다

콩고물 뒤집어쓴 인절미가
안장처럼 정겨워
마실을 다녀오면
헐거워진 체인의 출렁거림마저도 신이 난다

지루한 오후의 부름 받고
동네 한 바퀴 휙 돌고 오면
노을이 금방이라도
다가올 듯 상쾌하다

가로등 불빛처럼
클락션 소리가 깔리면
구수한 방앗간을 뒤로하고
휴식에 들어간다.

스무 살의 추억

떨어진 성적이 오를까
머리 질끈 매고 찾아간 골목 독서실
칸칸이 막아져 십 촉 형광등이 켜진 자리
사나이 약속을 하고 앉는다

꼭 이루리라 자존심 지키려
딱딱한 의자에 기댄 채 긴 밤 지새며
이루고자 하는 길 뚜벅뚜벅
한 장 한 장 책장 넘기는 여고생

무얼 갈망했을까
불장난이었을까 사랑이었을까
통행금지의 밤
유난히도 길고 두려워 벌벌 떨면서도
떨어지지 않는 온기는 소중했다

미완성의 사내
미래를 책임지는 게

■ 사시사철 사랑

두려웠나 사랑이었나
가라며 떠밀고서 택한 군 입대
눈물 머금어야 했던 이별

밝은 미래를 위해서라고
뒤돌아서야 했던 어리석음이
지금도 울고 있다
눈감아 떠올리면
생생하게도 떠오르는 그대
지금쯤 칠순 바라보고 있을 테지

갓 스무 살 가슴에
인두로 문질러 놓은 듯한
흔적 남기고 간 첫사랑
미워하지나 않았는지
목소리 듣고 싶어
허공에 대고 손 글씨 띄워 보낸다.

엄마

서울 지하철 문학상 수상작

엄마가
'나, 갈게' 하고 돌아선다
무엇을 잃었나 잠시 멈칫 멈칫 한다
발길 떨어지지 않는 듯 엉거주춤한다
이내 또 '나, 간다' 하고는
느릿 느릿 걸어간다
저 모습이
엄마다, 우리 엄마.

제2장

여름

오륙도

승두말로부터
남동쪽으로 뻗어 있는 명승지
썰물 때 숨었다가
밀물 때 살짝 보이는 방패섬
솔섬의 동반자로 서 있다

동쪽에 서면 여섯 봉우리
서쪽에 서면 다섯 봉우리
동래부지 산천초
지질이 육지와 같아
침식으로 분리된 섬
동백이 어우러져 파도와 호흡한다

송곳섬 굴섬 넘나드는
갈매기의 날갯짓에
한 폭의 수묵화가 그려지고
부산항 드나드는 뱃고동 소리 벗삼아
감천동에 노을 비추고 있다

등대 품어 안고
수평선 기다림을 눈빛으로 안내하는 섬
눈보라에도 동백 피워야 하기에
따스한 가슴 열어 반긴다

안개 자욱한 여명에
보일 듯 말 듯한 사랑의 미로
그 속을 거니는 듯
봉우리들 숨바꼭질에 사랑 스며들어
부산항 갯내음에 가슴 활짝 연다.

물수제비

동심 하나 굴려
냇가 수면 밟은 소리
물결의 출렁거림
발등 지나 가슴에 와 닿는다

말하고 싶은 사연들
머금은 채
유영하는 낙엽의 숨결
윤슬에 둘러 처진 그리움 찾아 나선
물방개의 여유로운 낭만

여심의 강가에 스미는 감성
감미로운 철썩거림이 뭉클해지면
두 팔 벌려 안기려는 향기에 취해
지긋이 감은 눈빛 스며든다

물 위를 동동거리며 날다가
숨바꼭질하듯 숨어 버리는 그 모습

두근두근 밀려오던 심호흡에
따스한 손 얹어 다독인다

징검다리 돌아가던 물살
하늘 흰구름 머물러 여린 마음 건드리며
가느다란 울림을 헤집고
동그라미 그려 나간다

사랑이 식어 갈 즈음에
다가선 그대의 동동거림
저 잔잔한 물결 따라 속삭이며
달밤에 더 빛난다.

내장사

백두대간 길목에
고요 깃든 산사의 모퉁이에 다다르면
풍경 소리 귓가에 찰랑거리며
무언의 신비 더듬어 간다

동백 지고 나면
벚꽃이 길 만들어 주는 한켠에
두 손 모으는 불심의 가장자리에서
흔들리는 여정 잠시 멈춘다

사각 기와의 새김에
깊은 배려의 햇살이 피어나고
산허리 감싸 주는 불경이
산새 울음소리와 어우러진다

흩어지고 모아지며
반복되는 이치를 넘어서서
바라불경의 심연

깊고도 깊은 그 속의 고뇌가
파란 하늘의 자비를 기다린다

수많은 얼굴들이 비춰지고
걸음마 다지는 평온의 기운들이
마음과 마음 연결하고 홀가분해지는
아침 햇살의 인사에 모두 내려놓는다.

엄마

살내음 맡으면
젖가슴으로 파고들고픈
어린애
그의 품속은
하늘보다 넓고 바다보다 깊다

지금도 가까이서 부르는 소리
귓가에 맴돌 뿐인 어머니의 미소
주름진 손 잡아 본 지 삼십여 년 전
한양으로 여행 가던 그때

백 살도 넘게 사는 꿈
산산이 부서진 어느 날 들려온 전화 목소리
아들아 미안하다 희미한 울부짖음
철렁한 시간을 되돌아본다

날이면 날마다 함께 살고파
밥 굶지 않으면 되는 거지

이렇게 달래던 소원
소중한 말이 스쳐지나간다

운명이라고 말하기엔
너무 갑작스러운 이별
말문이 막힐 뿐
보내드리면서도
사실 같지 않았던 그날
눈앞을 서성거리며 가슴에 파고들 뿐

젖내 나는 가슴에 묻었던 추억
산기슭에 누워 있는
차디찬 엄마 품속을 더듬거리는
불효자식의 넋두리 들리는지
풀잎이 흔들리고
까치의 울음소리가 대신 전해 준다.

달무리

하루가 터벅터벅 걸어올 때
보내는 눈길은 밤하늘 여행하며
다소곳이 다다른 곳

사연들 안고 날아올라
구름 한 올로 모여든 굴레에
각자의 마음 열어 놓는 곳

어두컴컴한 바닷속
헤어 나오지 못했던 시간들
깊이 파인 상흔 꺼내놓는 곳

밤잠 설치던 외로움
허공에 손짓하며 매달리는 마음
둥둥 띄워 날려 보내는 곳

봄향기 나부끼는 여정
쉬지 않고 걸어야 하는

달빛이 손잡아 오라는 곳

밤하늘에 둘러앉아
담아온 연민 꺼내 들고서
달빛 둘러싼 수다 꽃피우는 곳.

엄마의 손

미당 서정주 백일장 수상작

앞치마처럼
두꺼운 잔소리
소록소록 담는다

민망한 흰 머리카락
얇게 염색하고
거울 속에 잠시 머문다

차르랑 차르랑
눈시울 시리다
해맑은 진실처럼

피어오르던 들뜬 가슴
귀 열고 손 내밀 듯

뭉텅이째 빠지는 시간들
아쉬움으로 콩닥콩닥
회한의 여정 비추고 있다

손아귀 뒤척이며
빗어 내린
곰살맞은 단장

꽃이 되는 시간
습관처럼
홀로 숨는다

촘촘히 시골뜨기
길 하나 엮어놓고
진종일 하늘 품고
추억이 머문 자리

맨발의 노을빛조차
매달리는 고운 눈길
향기로 나붓나붓
눈웃음 함박 퍼질러
기쁨 안고 고개 드는 그리움.

편백숲에서

마을 뒷산에 헉헉대는 숨소리
몇 번 뱉고 나면
숲 우거진 도시 산속
쭉쭉 뻗은 소나무 상수리나무
하늘 보이지 않을 만큼 울창하다

불과 몇십 년 전에는
산골 동네 뒷산
지금은 주택 인근에 자리하고 있어
발길이 많이 오가고 있다

구불구불 돌고 도는 길
나무뿌리와 돌 어우러진 오르막길
층층 계단으로 안내하는
나만의 정원

올라가는 사람 내려오는 사람
모두가 가벼운 몸놀림이지만

이마엔 땀방울
등짝엔 물 흐르는 듯 흠뻑 젖는다

두어 시간 같이한 산행의 뒷맛
편백나무에서 풍기는 향그러움에
일 년쯤 더 살 것 같다

매일 찾는 이곳 등산로엔
쉬었다 가도록
운동기구들이 기다리고 있고
상쾌한 몸뚱어리
행복한 시간으로 감싸 안는다.

자연과 사람

화창한 날
두어 시간 내어
뒷산에라도 오르고 싶어
주섬주섬 챙겨 나설 때
동반자가 있었으면 하는 아쉬움
대문 나서는데 갑자기 소나기 퍼붓는다

어찌 다 알고 살겠는가
자연의 흐름 알 수 없고
숨겨진 비밀의 변화에
억지로 맞추며 살고 있다

어느 날 찾아온 감기몸살
태생적으로 약한 몸뚱어리
매일 규칙적인 운동하며 다진 몸도
순리 앞에서는 꼼짝도 못하는 존재

어떤 나무는

공생을 떠나
더부살이하며 살아가는가 하면
어떤 새는
남의 둥지 빌려 부화까지 떠맡기며
살아가기도 한다

소나무는 소나무대로
자작나무숲은 자작나무숲대로
사람과 직접적인 연관성을 갖는가 하면
우리들에게 먹거리로 한 생을 희생하는 것들이
서로 어우러져 숨쉬고 있다.

우리 아이

서울 지하철 문학상작

아장아장 걷는
맑은 눈동자 가진 아이
저 뒷모습의 어여쁨

돌아서지 않아도
간직할 수 있는 손길로
전해 주고 싶다

찰랑거리는 머릿결
넘어지지 않게
곁에서 지켜 주려는
고운 맘들이 줄 선다

돌아보며
활짝 웃는 아이의 미소
우리들 어깨에
순수로 앉아 있다.

길

첩첩산중에 들어서면
얼키설키 얽힌 삶
풀어헤치고 가야 한다

탄탄하게 짜인 굴레 앞에서
손발이 해지고 목구멍에서 피 솟는
불길을 뿜어 올리는 저 간절함

고통이 어둡게 만들어지는 사회
찌그러진 생각들이 난무하고
웃음꽃은 사라지고 없다

가시에 찔린들 어떠하랴
허벅지에 피가 흐른들 어떠하랴
한 발자국 한 발자국 옮겨야 한다

이마의 땀 훔치며 멈추지 않는 발걸음
고지가 저긴데
너무 멀게만 느껴지는 이 애타는 마음.

계단

나이 한 살 두 살 쌓여 가고
얼굴의 주름살이 얽혀 가며 시간 낡아
심연의 숨소리도 낮아졌다 오르고
귓가에 들리는 세월도 깊어 간다

저 정상에 올라야 하는데
눈길은 앞서가지만 뒤따른 발걸음은 처지고
씽씽 달리는 자동차의 숨소리는
응원의 박수 소리인 양 정겹다

내디디는 첫 계단
가벼운 마음으로 다가서지만 이내 굴복하고
한 호흡 건네며 다독이는 마음 자락
실감 나는 나이테에 머리 숙인다

저기를 가야 하는데
이제 몇 계단 남지 않았는데
사랑스런 말 건네며

그래 저기야 아침밥 먹고 나왔잖아
다독이는 숨소리가 아름답다

여정의 순례길에
오르다가 내려가는 굴곡에
움찔하다가도 바로 서서 걷는 인생길
이 계단을 오르는 아침 공기가
유달리 달콤하다

어제도 오늘도 같은 마음
기다리며 그리는 동반자의 사랑 고백 떠올리며
입가에 미소 가득 부푼 가슴 열어
그대가 가까이 오는 시간이 다가온다.

아침

햇살이 창으로 고개 내밀고
갓 태어난 얼굴처럼 꼬깃꼬깃한 모습 보며
다독다독 등 떠미는 싱그런 목소리
기지개 켜며 사랑을 마신다

밤새 쌓여진 사연들
하나 하나 열어 인사 나누는 시간의 향기
소롯이 스며드는 뿌듯함들이 다가와
가슴 적셔 주는 하루가 시작된다

곱게 단장하고 마주 앉은
상냥한 목소리가 더해지는 가슴엔
그 어떤 무엇도 찾을 필요 없다는 듯
꼭 쥐고서 기도하는 저 모습

먹지 않아도 배가 부른 행복
단 하나 위한 시간들의 짜맞춤에 담긴
실타래같이 깊이 파고드는 진솔한 밀어

귓가에 소곤소곤거린다

기도하는 이유가
오래 살기 위한 게 아니다
단 하나의 소원
다 까발려 버린 사랑 위한 발걸음으로
뚜벅뚜벅 아침상을 차린다

딸가닥거리는 소리까지도
속삭여 주는 하모니같이 들리는
환상의 정감
말없이 저 연약함 속에서 꿈틀꿈틀
오직 사랑만이 자리하고 있다.

메밀꽃밭

고랭지 바람 타고 꽃 피우는
골짜기의 훈훈한 온기에
농부의 손길 닿아
한 포기 한 포기 하얀 꽃으로 뒤덮는
밭이랑 꽃내음

연인들의 술래가 되어 주고
사연 남기려는 청춘들의 벗도 되어 주려
한들한들 보였다 감추었다
좀처럼 설렘이 잠재워지지 않는 물결

내미는 손길 수줍은 듯 얹어 놓고
가을 하늘에 비추이는 미소들
더욱 가까이서 밀어 속삭인다

새들의 숨바꼭질 그 즐거움 뒤로
어느새 지평선으로 노을이 번져
두근거리는 시간

꽃향기 질게 흩뿌려지고
두껍게 차려입은
허수아비의 기다림이 서 있다

스치는 가지의 소곤거림까지
담고 싶은 곳
까치 날아가는 길목 바라보며
서녁 하늘의 그림 속에 담는다

돌아서는 발길에
아직도 짙은 미련이 숨어들어
일기장에 써 내려갈 추억의 시간
짙게 배인 님의 향기 풀어놓는다.

상사화

박덕은 전국 백일장 수상작

만날 거라 기대했던
꿈꾼 아련함
아침 이슬건들이고
피어오른 빨간 꽃봉오리
두리번 두리번

고개 돌려 바라보는
여심의 눈빛
꽃향기 불어오니
불그스레 사색의 시간 갖는다

그늘진 마음 자락
달려갈 수줍음이 행여나 멈칫할까
너른 가슴속에 스며드는
여운의 물결 아른아른

발걸음마다 뒤따르는
꽃방울들의 흔들거림에 젖어들어

가을 한 자락 스쳐가니
바람꽃 나부낀다

호숫가 청솔들의 우아함
한켠에 시심 남겨둔 채
홀연히 떠나간다

남쪽에서 부는 바람결
느릿느릿 산 넘어오는 중인가
가로등 불빛에
님 그림자 서성인다.

무궁화

술래잡기에 필요한 말
무궁화꽃이 피었습니다
이 열 자의 의미에는
열 가지의 한이 서려 있다
울분의 억눌림 찢어지는 가슴 안고
내달려야 했던 야심한 밤
야속한 달님마저 외면해 버린 산기슭

천년을 지켜온 따스한 품의 조국
넘겨줄 수 없다는 마음
한시도 방관해선 안 된다는 아버지의 유언이
뇌리에서 솟구칠 때면
얼어붙은 밥 한끼도 감사해야 했다

쓰러져 가는 전우의 몸부림에
한 치의 틈도 내줄 수 없는
공포의 총탄 속을 뚫어야만
조국을 위한 발걸음이라고만 여겼을 뿐

두려움은 저 멀리 버려야 했다

비장의 속살 감추고서
서릿발 치는 갈대숲 젖히고 뛰어든
적의 무리들 속으로
조금도 망설임 없는 넋의 젖줄 짜내듯
파고들었던 그 순간들이
그저 감격스럽기만 하다

나라꽃이 반기는 아침은
꺾이지 않는 꽃술에 부는 바람처럼
다시 일어나
영혼들의 침묵까지 등에 업고 가야 하는
발자국 남기기 위해 꾹꾹 눌러 새긴다

두 손 모으며 고하는 자리
활짝 핀 나라꽃이 품어 안고 잠든
이곳에 오면
영령들의 발자취 남겨진 일기장에다
오늘의 이 시간에도
감사하다는 말 써 놓는다.

제3장

가을

블랙커피

한 잔의 여운
부스스 일어난 향기 잠재우려
뜨겁게 입맞춤한다

스르르 타고 들어가는
한 모금의 커피향
온몸에 뿌려 주는 아침

커피잔 움켜쥐고
이별의 아픔을 체험이나 한 듯
놓아 주기 싫어 들여다보는 미련

눈치 빠른 손길의 채움
한시름 놓아도 될 여유 생기고
엉덩이는 느긋이 앉아 있다

언제일까
마음 한구석이 텅 빈 것처럼

외로움이
아무 감각도 없는 혀끝 깨운다

연인을 만난 것처럼
앉혀 놓고 수다 들어 주며
시간을 독촉하지 않는다

진통제처럼
전신 타고 다니는 속삭임에 그만
몰래한 사랑이 되고 만다.

아버지의 커피잔

커피 문학상 수상

아침 바람 좋다 하며 나서는
논배미의 순찰 시간 끝나고 나서
두 손에 꼭 감싸들고 온기 마신다

두툼한 커피잔
손때 묻어 얼룩진
도자기의 순수가 숨 쉰다

달콤 쌉쌀한 커피가
애교 부리듯
아버지 손에서 재롱떨고 있다

하루도 쉰 적 없는
시곗바늘이 돌고 돌아
제자리로 오는 시간
입안의 고요 깨우고 있다

떠나보내기 싫은

사랑의 애원 같은 저 표정
커피 한 방울까지 마중한다

뚝배기 같이 느껴지는
아버지 손에서 좀처럼 벗어나지 못한 채
가슴속 성화까지 다 들어주고 있다.

안창호

흙탕물일 때도 있고
청정할 때도 있듯이 역사의 강은
판별하는 기능을 갖는다

황하의 거친 물결
삼문협*에서
서로 부딪히며 흐른다

스물네 살에
태평양 하와이 바라보며
자호한 도산

독립운동사에서
태산북두* 중류지주*
산중과 섬메라는 필명으로

웅변가요
종교지도자요 교육자로

흥사단* 설립자로

만민공동회* 주최자로
쾌재정*의 명연설로
독립협회 애국계몽운동으로

무사 정신 신민회*로
사관학교 설립으로
연통제* 실시로

임시정부와 국내 연결하는
비밀통로로

일제 암울한 시대에
방향 잃은 청년들의
스승으로

서대문 형무소에서
치르는 옥고로

물 한 모금 마시지 못하고
61세로 생을 마감한

독립운동가로

후손들은
그의 업적을 되새기며
도산이라 부른다.

---

*삼문협 : 허난 성과 산시성 경계에 있는 협곡

*태산북두 : 사람들로부터 존경받는 사람

*증류 지주 : 난세에 처하여 의연하게 절개를 지킨다

*흥산단 : 1913년 안창호가 미국 센프란스코에서 결성한 사회교육, 국민 훈련 기관, 신민회의 후신으로 민족부흥을 목적으로 무실, 역행, 충의, 용감 4대 강목을 세우고 덕, 체, 지를 키우기 위해 훈련했던 곳.

*만민공동회 : 1898년 독립협회 주최로 열린 민중대회로 자주독립과 자유 민권을 위하여 개최된 대회

*쾌재정 : 대동강 서쪽 높은 언덕에 있는 정자. 안중근 의사가 명연설을 해던 곳.

*신민회 : 1907년 국내에서 결성된 항일 비밀 결사단체. 1910년 회원이 3천명에 이를정도로 활발하게 활동했던 신민회는 한일합병과 더불어 일제의 탄압으로 그 맥을 잇지 못하고, 결국 105인 사건으로 많은 사람들이 체포되면서 그 활동 의 막을 내렸다.

*연통제 : 임시정부와 국내를 연결하는 비밀조직이다.

눈물

아이가 걸음마 할 때
엄마의 손 잡고 뒤뚱뒤뚱 걷는다

빨리 가야 할 때가 있고
시간에 맞춰 가야 할 때가 있듯
늦어도 빨라도 불편할 수 있어
주눅 들어 살기도 한다

귀찮다 하기 싫다
안이한 생각들이
혹독한 수난을 맞고
슬픔이 뒤따른다

사랑도 꿰맞추듯이
돌아가 주는 틀에
빈틈 보이지 않아야 한다.

안개

뚜벅뚜벅 걷는 발걸음 따라
스쳐가는 물안개의 춤사위
보고픔이 솟아
마음 그려내는 듯
잔잔히 퍼져
볼에 입맞춤하며 날아간다

이른 봄 갈팡질팡하던 꿈들이
꿈틀거리는 대지의 숨소리에
호시탐탐 고개 내민 시간을 재고
봄바람이 불어오길 기다린다

햇살이 고개 들어 다가오면
숨바꼭질하듯 요리조리 흩어지다가
윤슬 위에 잠시 쉬어 가려다
모습 감춘다

버들개지의 나풀거림에

시나브로 다가서는 여심
손짓하면 달려올 밀어
봄비에 흘려보내며 서 있다

산허리 오솔길 배회하다가
지평선 위로 고개 내민 일출
서서히 다가오면 뒷걸음질치는 듯
솔숲으로 자취 감춰 버린다

산새 울음소리가
골짜기 따라 울려 퍼지면
메아리 되어 돌아온 사랑
짙은 안개가 가리고 있던 보고픔
눈 비비며 찾아 나선다.

황진이 사랑

잔잔한 가슴
출렁거리게 하는
그 말 한마디
파고드는 전율로 신음한다

진솔한 숨소리가
여운 남긴 채
진한 향기 내뿜는다

못다 한 사연일랑
깊숙이 접어 두고서
보이지 않는 눈물
마음속으로 흘려보낸다

감성은 산을 넘고
미련은 강을 건너며 다가가
그대 향기에 머물고

베갯잇 적시던 밤도
촉촉해진 눈시울 닦아 주던 손길
아련히 스며 온다

뒤돌아가는 여운
손 내밀어 붙잡을 수 없는
사랑의 메아리
귓가에 파도치길 바랄 뿐

모든 걸 다 줘 버린
풋내 나는 사랑까지 다독이는 손길
그 순수가 귓가에 스친다.

마음

실오라기 하나 걸치지 않은
순수의 그림자
그 속에 남겨진 흔적들 찾아
허우적거리는 숨결 소리
노을의 뒤안길 걷는다

백 마디보다 더 소중한 것
일 미터도 안 되는 거리에서
잠든 그대 모습에
쿵쾅거리는 머릿속의 흔들림
포근히 감싸 안으려는 넉넉함

이제는 일 분도 아깝다는 사랑
솜털이 쭈뼛 서는 감정까지도
쏟아낸 그 열정
달빛이 창가 엿보는 이 밤에도
서슴없는 입맞춤이 숨을 쉰다

장미향이 창문 두드리면
버선발로 뛰어나가듯 맞이하고픈 사랑
소곤거리는 질투의 눈초리가 스쳐가도
깊숙이 파고드는 속마음의 진실

돌고 도는 시곗바늘처럼
어루만져 가며 쏟은
꽃망울의 사랑놀이같이
붉은 노을에 살포시 숨기고픈
눈물 적시는 그리움

진솔하게 다가선 그 아름다움
활짝 웃음꽃 피울 수 있도록 손 내밀며
같이 걸어가는 인생길 여정에
하나 둘 쌓아 가는 돌탑이 되어 간다.

수원 화성

수원화성 글짓기 수상작

아버지 잃은 정조는
정약용을 시켜 설계하도록 해 건설하여
외적으로부터 단단하게 막아내고
함부로 침범하지 못하도록 성벽을 쌓았다

성벽 곳곳의 높은 곳에 동남각루 세워
적군을 감시하게 하고 군사 요충지로 삼아
왕도정치의 실현 위해 굳은 의지 새겼다

새로운 또 하나의 고향 신풍루
임금이 백성들에게 쌀을 나눠 주고
굶주린 백성에겐
죽을 끓여 먹이게 했던 진휼 행사가 있었다
왕이 베푸는 너그러운 행사였다

도와 행궁을 지키는 중삼문 내삼문으로
중앙의 정문과 좌우의 우협문으로
좌우로 긴 행각을 두어

출입을 엄격하게 통제하였다

혜경궁의 회갑연 진찬례를 거행하고
만년의 수를 받들어 비는 뜻으로
유여택에서 각종 행사에 대한 보고 받던 곳
경룡관에서는 휴식을 취하며
조선의 태평성대를 구현하려 했던 곳
이층 구조로 지었다

혜경궁의 만수무강을 바라는 마음으로
을묘원 행사 때 이곳에 머물렀고
복내당은 정조가 행차시에 머무른 곳으로
좌우 두 채로 되어 있다

일제강점기에도 살아남은
유일한 건축물로
을묘원 행시에는 각종 행사를
이곳에서 치렀다

노래당은 정조가 왕위에서 물러나
노후생활을 꿈꾸며 지은 것으로
행사 도중 쉬는 곳이었다

득중정은 활을 쏘기 위해 지은 것으로
편액을 정조가 직접 써서 걸었다

사도세자 아들의 고뇌에는
그 어떤 것을 쥐어 준다 해도
가슴에 멍이 들고
살아생전 잊지 못할 죽음의 현실
그 앞에서
자식의 도리 다하기 위해
나라 곳곳에 인재를 발굴 배치하고
나랏일에 밤잠을 못 이루었다.

바이러스

2층1효 수상작

펠로폰네소스* 전쟁 때
피레우스 항구에 장티푸스가 번져
십만여 명이 무너졌던 시대

중앙아시아에서 번진
시칠리아의 흑사병이
세균전으로 발전했다

방역 시스템이 없었던 시절
전 유럽에 번지기까지는
불과 수년밖에 안 걸렸고
게다가
중동까지 하염없이 번져 나갔다

한 여행가 비루타는
매일 이천 명 이상 죽어 갔다는
여행기를 남겼다

요한의 손발 씻기로 병이 줄어들자
우물에 독을 풀었다는 헛소문이 퍼지고
제노사이드*가 잇따랐다

스페인 독감에 걸리면
폐렴으로 악화되어 죽어 갔고
신종 인플루엔자는
일억여 명을 쓰러뜨렸다
단 한 곳 안전한 곳은
아마존강 삼각주의 마리조 섬 한 군데뿐
우리는 무오년 독감이라 했고
십사만여 명이 숨졌다

천연두가 창궐하여
잉카제국이 무너졌고
에이즈와 소아마비가 번지는 것을
터무니없게도 우주복 같은 것을 입고 와
병을 퍼뜨린다는 유언비어로
치료를 거부하는 일도 벌어졌다

지금도 밤잠 못 자면서
코로나와 사투 벌이고 있는 현실

끝나지 않을 전염병과의 싸움
현재 진행형이다

독립투사가 따로 없다
어린아이부터 각계각층의
마스크 기부와 쓰기로
단결하는 우리 조국은
이 어려운 시기를
슬기롭게 넘기기 위해
밤낮으로 뛰고 있다.

---

*펠로폰네소스 : 아테네와 스파르타의 전쟁
*제노사이드 : 종교, 인종을 몰살하려는 계획

윤슬

여인의 발걸음 멈추게 한 달빛
정수리에 와 닿으며 속삭여 줄 때
가슴 깊이 파고드는 추억
물결처럼 퍼져 나간다

켜켜이 쌓아 둔 그리움까지 꺼내어
호수의 출렁거림까지
그림 그리고 있다

낙엽 밟는 소리에
고요 깨뜨렸는지
무장 무장 저 멀리 달아나듯
희미해져 간다

소쩍새의 구슬픈 울음처럼
저려 오는 가슴에
한 줄의 편지 쓰게 한다

구름 한 점 없이 떠 있는 모습
금방이라도 다다를 것 같아
목놓아 불러 보지만
방긋 미소 지으며 오지 말라고 한다

마음 한구석에 새겨 놓은 그리움
저 달이 떠오르는 시간에 맞추어
발길 옮겨 와
일렁이는 물결에 내려앉는다.

소리

새의 대화인지
서로 주고받는 신호가
바람 타고 온다

쫑긋
가까이인지 멀리인지 가늠해 보며
위험을 감지한다

사람들은
쓴소리도 하고 칭찬도 하면서
진솔한 마음을 전한다

전동차 가는 소리
버스 오는 소리
아이의 울음소리까지

어머니의 잔소리
선생님의 꾸중 소리

모두
귀를 통해 전해 온다

받아들여지는 소리
듣기 싫어하는 소리
참아 가며 들어야 한다

미워하는 마음도
사랑하는 마음도
전해 주는 다정한 음률도
서로의 가슴속에 속삭여 준다.

우포늪

국제지구사랑 수상작

달빛 없는 밤
가시연꽃 밑의 고요 외면한 채
꼬리 그리며 길쓸별 하나
환한 미소로 날아간다

버드나무에서 부엉이 울고
여명의 수면 아래로 꿈틀거리다
긴 호흡으로 기지개 켜고
높고 낮음으로 엉키어 살아간다

봄햇살의 따스함 머금고 자란
물꿩 새끼들
자꾸 어미 날갯죽지에 파고들고

가시 연잎 그늘 삼아
햇볕 피하며 먹이 구하는 피라미
연신 하루의 그림을 그린다

벌레의 서식지인 왕버들 군락지
박새들 둥지 틀고 먹이 사냥
분주한 날갯짓이 요란하다

늦가을의 가시연꽃
물속에서 떠올라
고기들의 간식거리 내주고
다시 가라앉아
늪의 여왕으로 살아간다

날지 못한 반딧불이
애타게 수컷 부르는 구애에
밤하늘 향연에 어울리는
한 편의 파노라마를 엮는다

수천 년 이어온 자리
기러기도 저어새도 찾아들어
함께하는 사랑의 쉼터.

칠백 년 송

오늘도 잔잔한 바람 맞으며
이어온 일기 빼곡히 적는 마음
한켠의 미련 접어둔 채
긴 호흡 해야만 하는 답답함

백 년도 살지 못한 나약함이
부끄러워해야 할 생각들을 잊은 채
소리 지르며
한 시대 먹구름이 잔뜩 끼게 한다

어우러져 더불어 살며
소문 없이 빛나는
수백 년의 너그러움

나그네가 상처 주어도
아무 탓하지 않고
푸르름만큼 훈훈한
산지기 사랑

빈 공간 파고들어
높낮이 맞춰 가며 호흡하고
눈보라 몰아칠 땐
잠시 우산이 되어 준다

머금었던 생명수도
비움의 자세로 흘려보내며
이웃의 돌보미처럼
산허리에서 살림살이 꼼꼼히 한다

달빛 드는 밤이면
솔가지 사이로 비추는 낭만 그리면서
소쩍새 울음소리마저 껴안는다.

대청호

정지용 백일장 수상작

산자락 품은 너른 가슴에
파고드는 여울의 숲
고백에 출렁이며
둥둥 떠 가는 가을

물이랑을 스케치하는
낙엽의 끝없는 유랑
출렁이는 물결이
쓰다듬는다

투명한 마음으로 차오른
오백리 길 걸어 다다른 산마루
여인의 숨소리인 양
살며시 기대어 준다

고운 햇살은 볼 비비며
맑은 하늘의 감성
가슴결에 깊이 품어 준다

인공습지에 핀 억새의 손짓

강바람도 살랑이며 손잡아 주고파

옷깃 매만지며 매달린다

전망대에서 바라본 비경에

천년을 지켜 온 고풍 그 멋대로

흔들림 없는 자태로 우뚝 서 있다

산새들 지저귐 속에는

계절의 바뀜을 알려 주고 맞은 인연

가슴속에 살포시 간직하며

산허리 둘러

오르내리며 미소 짓는다.

젓가락

사람도 짝이 있고
거북이도 짝이 있다
서로에게 도움이 된다

길이도 크기도 쌍둥이같이
꼭 붙어 다녀야 외롭지 않다
반드시 둘이 있어야 한다
천생연분이 따로 없다

은행나무도 마주보고 서 있다
한 그루는 수나무 한 그루는 암나무
서로가 필요한 존재다

일란성 쌍둥이의 행동도
한 치의 오차도 없다
식성도 취미도 같다
함께하는 짝꿍이 되어 커 간다

동작을 멈추게 하고
억지로 맞추기도 한
젓가락의 자유를 막을 수 없다

뜨거운 기름 속에도 차디찬 얼음 속에도
불평하지 않고 순순히 따르는
저 복종심 남다르다
사람들과 한평생 같이한다.

달력

마지막 십이월이 버티고 서서
못다 한 일이 있거든 마무리하라
외친다

크리스마스도 공휴일도
알뜰살뜰 하루가 헛되지 않도록
차분히 기다려 주며
마지막 한 달의 의미를 준다

깊은 한숨 쉬면서 뜯는 마음
환할 것 같은 새해의 신축년 일월
꼬깃꼬깃 다짐들을 빼곡히 써 놓고서
걱정 섞인 긴 호흡 한다

일 년 열두 달 모양새를
살살이 뒤지며 울다가 웃다가
아버지 생신 아들의 생일
무사한 일 년을 위해 기도한다

동파가 일어날 수도

메마른 산기슭에 불이 나지나 않을까

부주의로 사고가 날까 하는 조바심

구정 지나 정월 대보름

우수 경칩이 지나면 춘분이 오고

추석 명절엔 온 들에 오곡이 익어 가고

눈이 와도 비가 와도

째깍째깍 잘도 넘어 간다.

목련

티끌 하나 없는 널 바라보며
여린 심장이 뛸 때는
가슴에 사랑이 자라고 있다는 걸
느낀다

봄의 소리가 들리고
봄비에 젖는 그 모습에
어쩜 그리도 가슴이 뛰는지
발길 서두르게 떠미는 것 같아
서둘러 그려 보는 님 얼굴

달빛이 지나가면
백옥 같은 몸짓으로 하늘거리며
서운함 안고 사는 한 생애
등불 되어 미소 짓는다

밤새워 퉁퉁 부은 눈가
말갛게 쓰다듬어 줄 것 같아

무언의 응원 기다리다
잠시 커피 향에 젖는다

기껏해야 한나절인데
천리마냥 멀기만 한 마음 구석에
못다 한 사연 꾹꾹 눌러 쌓아 놓고
떨어지는 잎새에 낙서한다

오늘이 다 가기 전에
꽃잎 엽서 한 장 써 보내려
하얀 마음에 분홍 빼곡히 적어
봄바람에 실어 거기 떨어뜨리리.

제4장
겨울

동학농민의 눈물

나라는 우리의 것이어야 한다
호시탐탐 노리는 사자들의 포효는 멈추지 않아
연약한 가젤은 귀 쫑긋거리며 방어하지만
우두머리의 안일함에 뚫리고 만다

가려지지 않는 평야지만
숨죽여 다가오는 포식자는 가면 쓴 것처럼
풀숲 기어 더 가까이 거리 좁히고
순발력을 이용 급습하여 먹이 얻는다

뺏은 자가 있으면 내준 자가 있다
테두리 안에서 기울어진 생각들이
질서와 위아래를 흩트려 버리고
물이 새어든 걸 모른 채 죽어간다

목놓아 외쳐본들
주색에 빠져 있는 나리들
채찍으로 가르칠 수 없고

먼 하늘만 쳐다볼 수밖에 없는 현실에
농민들은 허탈함만 되뇌이고 있다

황토현에서 연군을 격파시켰지만
서서히 무너져 내린 향락의 결과는
참혹한 나라 잃음
눈물 콧물이 말해 주듯
외세의 거대함은 호미로 막을 수 없었다

작은 울림이 하찮은 것이어도
농민들의 순수한 외침에 한 발짝 다가섰다면
서러운 식민지의 수모를 겪지 않았을 것을
지금도 서민들의 외침은 계속되고 있다.

벚꽃

꿈틀거리는 연둣빛 밀어들
아지랑이 숨소리가 다가오자
그제서야 봄비로 목 축인다

스쳐지난 것 같은
미련만 남겼던 아쉬움
송골송골 피어나면
마음결에 소복이 쌓이는 봄바람
싱숭생숭

떠나보내지 말자는
여운들을 하나 둘 주워 담으며
하얀 꽃잎들 뿌리고 있다

진해 군항제의 바닷바람
밀어 올리는 향기
뭇 사내들의 모퉁이를 건드리는
똑똑 구두 소리 경쾌하다

아무리 밀쳐낸다 한들
가지마다 환하게 미소 지으며
손짓하는 콧노래
고샅길 따라 길게 길게 퍼져 간다

쿵쾅거리며 향기 좇는 여심
다독거리는 봄 햇살에 그만
넋 잃은 듯 조용히 거닌다.

감천동의 봄

부산자랑 수상작

달빛이 창틀 사이로 고개 내밀면
눈꺼풀은 기다림에 번뜩이고
발길은 미로의 비탈길 깨우며
약속 시간에 맞춰 다가선다

뉴스거리 겨드랑이에 끼고
달리는 두 다리의 절룩거림이
골목길의 눈 밝혀 준다

노란 민들레 안내에 따라
한 치 어김없이 안착한 신문
봄비도 잠시 멈춰 다독이듯
헐떡이는 숨 고르게 한다

자전거도 손수레도
거절하는 골목길의 냉정함은
칠십 년을 고집하여
한결같이 그 발걸음만 반길 뿐

변치 않는 사랑은 깊어만 가고

단칸방엔 풍부함이 꽉 채워진
서재들의 낡아진 책장은 머릿속에 넣고서
비탈길 깨움 주며 걷는다

장미가 활짝 피면
하루의 여유로 라면 한 봉지 끓여 후루룩
실타래 같은 사연들을 풀어헤치며
산 아래 동트면 그제서야 뜀박질 멈춘다.

봄소식

따스한 손길 닿으면
마음문 열어 주는
사랑의 속삭임

가지 두드리는 봄바람 애교에
실눈 떠 보이는
홍매화 미소

버려진 듯한 풀잎에도
숨겨 논 봄의 숨결
꿈틀꿈틀

양지의 애쑥
연둣빛 옷 걸쳐 입으며
봄맞이에 분주하다

아낙은
봄동에 발길 멈추고

입맛도 봄날에 맞춘다

한 보따리 냉이도 따라와
쓸쓸한 입맛으로
밥상을 살려 주고

창밖에 비추는 햇살도
나른한 듯
아지랑이 풀어놓는다

여기저기 들리는 꽃소식에
콧바람 싱숭생숭 유혹하는 봄
속마음이나 털어나 볼까.

사랑

종마루 걸친 채
꽃 피운 하얀 박꽃의 외침
거기 날아든 나비
한여름 햇볕 피해 잠시 머무른 듯
한참을 서성이고 있다

들바람이 지붕 위를 넘으면
은근슬쩍 따라나서는
참새의 나래짓에 놀라
하늘 쳐다보는 수탉

처마에 떨어지는 빗물
보고파 기다리는 가슴속 건드리는 듯
울적하게 만드는 낙숫물 소리
마치 자장가 부르는 엄마 손길 같다

기나긴 밤이 지나도
소쩍새 울음은 그치질 않아

서글피 옷깃 젖고
외딴섬의 부르짖음이 울렁거릴 때
파도는 점잖게 출렁인다

기약이 없다 한들 여운 잃지 않으려
볼에 새겨진 지문만큼이나 또렷한 추억
문 앞에 써놓은 사연들이 스며들 때
깊어 가는 사랑

허공 더듬는 마음
진실의 자국들만이 향기 뿜어 주며
너른 가슴 가만히 열어 주는 곳에
씨앗 묻는 사랑이고 싶다.

독도

독도 문학상 수상작

맏이가 맞는 해돋이
빨갛게 타오르는 태양의 기운 받아
흐트러짐 없는 모습으로
바다 향해 포효한다

긴 시간 몸부림치던 상흔
가슴 깊이 묻어 버리고 나니
바라다 보이는 건
저 푸른 바다의 노랫소리뿐

여태 버티고 있는 한반도
깊은 바다 속까지 뿌리 내려진
조상의 믿음
괭이갈매기 울음소리 흥에 겨워
지칠 줄 모르는 나래짓 한다

어머니 밥 짓는 아침
구수한 향기 온 고을 퍼져 나가면

금방이라도 다다를 것 같은
동해 파수꾼의 숨소리

바다제비 파닥거림이
가슴에 파고드는 은은한 울림처럼
천 년을 자리해 온 그 지긋한 마음
기상나팔에 꿋꿋이 서 있다

가슴에 담아 그리는
조그마한 모습이지만
우뚝 서 있는 저 아름다움
길이 길이 남아 있을
우리 조국 심장이 뛰고 있다.

무등산

증심사 줄기 따라 흐르는 계곡 물줄기
장불재 지나 서석대 오르면
웅장한 기암괴석의 자태
민주 광장 굽어보며 매서운 눈초리로 주시하고
혼 불어넣어 주듯 품어 안는다

외세에도 꿈쩍 않고 길러낸 영웅들
증심사엔 오백 나한상이 자리하여 자비 베풀고
철쭉의 후한 인심과 다정다감으로
붉게 물들어 백오십 만의 마음 달랜다

화합과 안정 추구하는 정서의 기운
가득 담은 산
일제강점기에도 슬기롭게 버텨내던 곳
상하 가리지 않는다는 산등성이

아침해 떠오르면 얼굴 내밀 듯
고르게 나눠 주는 등불 되어 주는 산

골목길마다 온기 불어넣어 주는
자랑스러운 어머니의 품

금남로의 쭉 뻗은 민주광장
비둘기와 철쭉이 서로 어우러져
평화 갈구하는 젊음이
눈코 뜰 새 없는 시간의 틈 찾아
등불 꺼지지 않는 마음 누비고

오월이면 어김없이 찾아와
장미향 번지는 오천만의 가슴에 닿도록
잔잔한 울음 섞인 메아리 울려
되돌아보며 임의 행진곡 외친다.

5.18

억압의 선 넘지 말라
금남로의 목청이 하나 둘 모여들어
높은 파도처럼 손에 손잡고
너울거리며 애원하던 순수
갈기갈기 찢으려 노리는 사악들

적과 싸워야 할 내 자식들
강제로 몰아넣어 이성 잃게
마구 채찍질해대며
아녀자들을 총칼로 쓰러뜨리는
독재 수호 군부의 광란

자유를 뺏으려 하지 말라
골목 골목에서 대문 박차고 나온
젊음의 외침
더욱더 악랄해지는 군화 발자국들의 난동
흥건히 흐르는 핏물이 아우성쳤다

이제나 멈추려나
온몸으로 버틴 시민 정신
날이 밝아지니
널브러진 신음 소리가 온 고을 뒤덮고
부끄러움 숨기려
우리 시민들의 시신을 훔쳐가
지금도 알지 못한 곳에 숨겨 버렸다

곁에 있어야 할 귀한 내 자식
이틀 사흘 나흘
밤이 지나도 오지 않아 찾아 나선 어미

영영 집에 돌아오지 못한 채
그 어디로 실려 갔는지
사십 년이나 흘렀어도
그 모습 아직도 보이지 않는다

금남로 옛 도청 앞을 지날 때면
증거 자료 사진들의 잔인함이
여태 소리치듯
민주평화가 그냥 이뤄지지 않았음을
이 길은 모조리 다 기억하고 있다.

노송

보름달 뜨면
저 멀리 소쩍새 날아와
한마디 거들며
괜찮아 괜찮아 한다

총소리 울려 퍼질 땐
엄한 눈길로 바라보며 잎 떨구더니
빗물에 적어 보내는 하소연
그 속에 뭉그러진 말 적어 간다

물줄기 계곡 따라 흐르며
검버섯 다닥다닥 붙은 밑둥에 적힌
말 못 한 꼬깃꼬깃한 음성
이윽고 졸졸졸 굽이친다

산 아래 바라보다
질서 어긋나는 길
단호한 언어로 꾸짖으며

156

솔가지 하나 뻗어 길 만든다

아침 산안개 자욱할 땐
햇살 비추기 전에 우듬지의 솔바람
솔솔 불어 주며 어둠 거두게 하고
하루의 시간 시작한다

산새의 지저귐에
긴 한숨 내쉬며
저 멀리 날아오는
얽히고설킨 고뇌
차분하게 솔가지로 흔든다.

사찰의 밤

책가방 하나 들고 찾은 곳
조용한 사찰 한켠에 자리한 독방
비구니들이 손수 지은 밥
먹을 수 있는 대나무 평상
대화가 단절된 곳에
적막이 흐른다

새벽이면 불경 읊는 소리
잔잔히 퍼져 가는 징소리와 함께
흘러나오는 시간
눈 비비고 일어나야 하는 채찍에
아침 공기는 가슴속 뻥 뚫어 준다

가끔 새소리와 바람 소리뿐
문밖의 세상은
나가지 못할 우주의 세계
감히 문 열지 못하게
온몸 휘감아 쥔 채

자리에 꿇어 앉힌다

깊은 적막이 흐르고
아장아장 걷던 핏줄이 눈앞에 서성거려
책장 덮고 잠시 긴 호흡을
명상으로 메꾼다

나물 반찬에
묵언으로 감사함을 전하는
이방인의 미소
높은 벽 오르겠다는 비명
숟가락 내려놓고 또 달린다

떠나올 때 품었던 마음
수십 년이 흘러
하얗게 변해 버린 머리카락
또 가고 싶어지는 이 마음
못다 오른 거기
다시 오르기 위해.

애타는 마음

가고픈 나의 집
부모 형제가 기거하는 거기
골목길의 순수
굳게 닫혀진 대문 안에서
숨죽이고 총소리 들어야 했다

생기발랄한 대학생이 셋
부모는 노심초사 잠 못 이루며 지키고
틈만 나면 뛰쳐나가려는 젊음
무얼 갈망하고 있었나

맡겨진 일에 매달려야만 한
가슴 두근거리고
목소리라도 듣고파
사방팔방으로 손길 내밀어도
감감 무소식

화면에 비치는 처절함

가슴 찢겨 피범벅 된 시민들
도청 앞을 사수하고자 버티는 모습
눈시울 적시게 했다

무얼 얻기 위한 발포였나
자국민 목숨 뺏는 속셈은 뭔가
분노는 좀처럼 식지 않고 폭발해 버렸다

아깝지 않았던 희생의 대가
금남로의 봄이 오는 날
강산이 네 번이나 바뀌어도
아직도 머리 숙이지 않는
군부의 만행
바로 서는 그날에야 눈물 닦아 줄까.

아버지 가방

집 나설 땐
홀쭉해진 검정 가방
손에 쥐고
'공부 열심히 해라'하며
대문 삐그덕 열고 나간다

월요일 아침 일찍
직장으로 가는 아버지의 풀죽은 어깨
들려진 가방은 배가 홀쭉 쓸쓸하다

칠 남매 아우성에
월급은 쥐꼬리만 하니
전답 팔아 가며
욕심대로 자식에게 투자하는
교육공무원

고등어조림 한 봉지의 반찬에
뱃가죽이 등에 붙지 않게

겨우 냉수로 배 채웠다는 회고담

덩치는 소만큼 컸고
삐약삐약거리는 코흘리개들과의 하루
지금은 어엿한 성인들이 되어 있겠지
흐르는 눈물이 그리움 써 내려간다

토요일 오후 어둠 깔릴 즈음
터벅터벅 무거운 발걸음 소리 마당에 울리면
방문 박차고 받아든 볼록해진 가방
지퍼 열면 방안 가득 쏟아진다

고구마, 옥수수, 고추, 가지, 과자 등이
방 한구석 차지하고서 막내를 부른다

도깨비방망이가 된 가방 속에는
아버지의 일주일이 녹아 있었다.

미련

너의 목소리가
가슴 지날 때면
출렁이는 눈동자
금방이라도 달려가고파
재촉한다

맑고도 아름다운 높낮음이
어우러진 음성
저 멀리 만 리 길인데도
바로 눈앞에서 속삭이는 듯

가을 단풍처럼
여물어 가는 열매
부드러운 감성으로 다가와
눈뜨게 하고 있다

가슴 조여 가며
잠 못 이루는 밤이 늘어가니

사랑의 세레나데는
저리 울고 있다

여울진 가슴에
파도처럼 밀려오는 순수
고개 숙여 꽃 한아름 건네주고
문 열어 살갑게 맞이한다

지난날이 꾸짖는다 해도
기다림에 늦지 않게
석양 전에 서둘러 가려
신발끈 매고서 바라본다.

억새

계절의 끝자락
허리춤에 끼고 거니는
강변의 산들바람
독백의 향기 뿜어내더니
침묵으로 돌아선다

하얀 물결 너울너울
가슴에 매달고
강변 휘감아 꺼안은 듯
아스라이 파고드는 연민 자락
속삭임의 꽃 피운다

노을의 숨소리마저
귓가에 아른아른
우짖는 소리
추억의 향기마저 품어 감싸는
그리움인가

헐거워진 마음 자락
가다듬어 다가서는
진솔한 사랑 고백
달구어진 가슴 다독이며
두 팔 벌려 맞아들인다

사각거리는 속삭임
강줄기 따라 우거진
억새숲 향기에는
가을 맞는 강바람의 그리움
홀로 남겨둔 채

청순한 숨결로
세월의 굴곡진 여정 뒤로한 채
아슴 아슴 떨리는 갈증
저 멀리 떠나보낸다.

보신각 종소리

밝아 오는 미래 위해
지난해 되돌아보며
감사하다는 의미의 타종 소리

그 울림은
온 나라에 퍼져
두 손 모으는
밤 열두 시의 기도

더 나은 삶을 찾자
서른세 번의 호소
울려 퍼진다

한 걸음 더 나아가기 위한 시간
푸른 잔디의 맑음이
자라게 한다

째깍째깍

같이 가자는 외침
한마음 되어

가는 해 위로하며
오는 해 맞아
가슴 깊은 곳으로 인도한다

밤하늘의 달빛도
새해 맞는 새로운 길
장미향 퍼지는 그 길
되뇌이고 또 되뇌이며 간다

괴나리봇짐 메고 한양 가던
그 긴긴날의 추억
십이월의 마지막 보내는 밤
타종 소리도 함께 합장을 한다.

비밀번호

말하다가도
순간 순간
번호 바꾸어 놓는다

상대의 생각 알아내려
눈치 살피며
얼굴 표정까지 훔친다

첫 대면에서
매서운 눈초리로 간파해
문 열어 들여다본다

말문 막히면
금세 엉뚱한 숫자 대며
시치미떼고 속마음 감춘다

길 걷다 가도
굳게 닫혀진 철문 보면

궁금해한다

돌담에 문 없는 골목처럼
마음속까지 툭 터놓고
문 활짝 열어 놓는다.

계단의 눈물

광주광역시 북구 인권보호 문학상

다리가 불편해지니
한 발짝 옮기는데도 여간 힘이 들고
뒤처지는 것은 당연한 것이 된다

조금 늦게 도착할 뿐인데도
사람들은 짜증을 내며 못 봐주겠다는 표정
손톱 밑에 가시가 박힌 것처럼 아프다

어느 날 갑작스러운 통증으로
중증 장애인보다 더 심각하게 불편을 겪어
예고 없는 장애자가 되었다

자신했는데 자신하고 살았는데
반성하는 계기가 되어 조금도 편애하지 않으려
다짐하고 다짐하는 마음으로 걷는다

위로 오르지 않아도
더 내려가지 않는다는 사랑이 깃든다면

외롭지 않은 동반자가 따르리라

딱 한 번만의 눈물로
씻어 버리는 낮은 자세로 걸어가는 순수
너와 나의 계단이 존재하지 않는 길.

한실 문예창작 문우들의 작품집

오늘의 詩選集 Series

한실 문예창작 동인지

한실 문예창작 동인지 제1집
『한꿈』

한실 문예창작 동인지 제2집
『한꿈』

한실 문예창작 동인지 제3집
『당신의 쓸쓸함은 안녕하십니까』

한실 문예창작 동인지 제4집
『목련은 흔들리고 있다』

한실 문예창작 동인지 제5집
『그래도 한쪽 가슴은 행복합니다』

한실 문예창작 동인지 제6집
『좋은 걸 어떡해』

한실 문예창작 동인지 제7집
『아직도 사랑인가 봐』

한실 문예창작 동인지 제8집
『꽃만 봐도 서러운 그날』

한실 문예창작 동인지 제9집
『보고픔이 자라고 자라서』

한실 문예창작 동인지 제10집
『처음 사랑』

한실 문예창작 동인지 제11집
『마냥 좋아서』

한실 문예창작 동인지 제12집
『그대는 나의 누구인가』

한실 문예창작 동인지 제13집
『여백의 미학』

한실 문예창작 동인지 제14집
『사랑하기까지』

한실 문예창작 동인지 제15집
『시의 집을 짓다』

한실 문예창작 동인지 제16집
『그리움의 향기』

오늘의 수필집 Series

오늘의 수필집 제1권
그곳 봄은 맛있었다
최세환 지음 / 288면

오늘의 수필집 제2권
바람 따라 구름 따라 별빛 따라
유양업 지음 / 288면

오늘의 수필집 제3권
행복한 여정
유양업 지음 / 304면

오늘의 수필집 제4권
창문을 읽다
박덕은 지음 / 164면

오늘의 수필집 제5권
꿈을 꾼다
유양업 지음 / 256면